Coming Home

むらかみ　みちこ・著

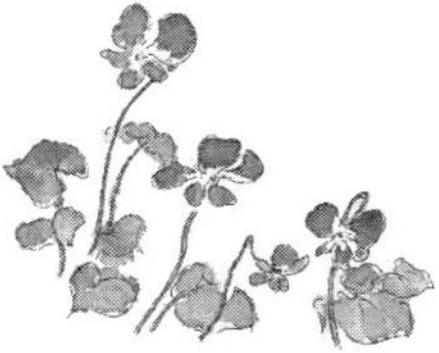

たなごころ掌の本

銀の鈴社

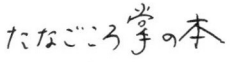

気　配　序にかえて

しずかに　しずかに
耳を澄ますと
聞こえてきます

はるか遠く　羊水のなかで
むじゃきに漂い　聞いた
あの波音が
高く　低く
響いて

小さな心と　耳は
聞いています
見ています
感じています

外の世界でなにかが起ころうとしている　と。

もくじ

絵・阿見みどり

Coming Home

ただいちどだけ

なぜ
膝があってわたしを抱き
乳房があって乳を飲ませたのか

―ヨブ記　三・一二

一九四五年　秋。東京港区の小さな産院でひとりの女の子が産声をあげました。

父親のいない子ども「私生児」として。

幼い日からここに在ることの不安、生きることの意味を問い続けてきました。

知りたいと思いました。父となるはずだった人について。でも返ってくる答えは「忘れた」でした。

生まれたばかりの乳飲み子に乳を含ませたのは外ならぬ生母です。娘と関わった多くの人は天にかえりました。現在それを知る人は生母ひとりなのです。ほかにだれが知り得ましょう。

時がないのです。生母も九〇歳を越えています。いま聞いておかなければ。娘の強い思いが届いたのでしょう。やっと重たい心の戸を開きました。

「いちどだけなの」

敗戦の色濃い時代でした。

疎開先の列車内で生母はひとりの人と乗り合わせました。

戦地へ赴く前の秘め事のはずでした。が、思いがけない結果となりました。

わずか一度の逢瀬で生母はみごもったのです。小さないのちを。

むろん、ふたりともそのことを知る由もなく、その人は戦地へと。やがて戦地からの連絡も途絶えて。それきり。互いに語り合うこともなくひとときを過ごしただけ、相手のことはなにも分からないと、生母の話は終わりました。肝心なことは何ひとつわからないままに。再び生母の心の戸は閉じられました。

ただ一度の出会い。そこに娘にさえ、娘だからこそ触れられたくないものが残っている、そう感じます。黒く大きな影の部分があると。

子どもは知りたいのです。自分の親のことを。知る権利があるのです。家庭のなかで自分がいかに愛を注がれ、慈しみ育てられたかを知って、子どもは初めて安心します。そこにいてもいいのだと。

揺らぎ

体のなかに
芽生えているものの
微かな動きに　生母の
心は大きく揺らぎました
それは　そのまま
生まれたばかりの
小さなたましいにも
不安をあたえました

　ここに在ることへの
不安の原点となって

体の中で動いている小さな生命の存在に気づいたときには、すでに中絶することもままならなかったのでしょう。うろたえ悩んだ末、好むと好まざるを得ず、生む選択しかなかった生母の背を押すような親友Kさんの一言がありました。

「生みなさい。生んでおいてよかったと思える日がきっとくるから」と。

その言葉に促され生む決心をしました。

「でも、悪いけど、しかたなく生んだの」

生母の本音です。

しかたなくと言われた子どもはどこにいればよいのでしょう。

子どもは生まれる場所を自ら選ぶことはできません。小さく脆く弱い者です。すべてをだれかの手に委ねなければ生きていけない存在なのです。しかたなくのことばは、生母の胸にしまっておいてほしかったと。短いことばはいまも矢となって娘の心に突きささったまま疼いています。

喜びにあふれた、待ち望まれた誕生ではなかったとのゆえに。

「私生児のままでもよかったのだけど」

「私生児」という文字だけは残すまいと必死だったのでしょう。

生母は娘の戸籍を二転三転と移動させました。そのために娘の分だけで一頁余もある戸籍となりました。

「ごめんね。あなたの戸籍をごちゃごちゃにして」

戦後をひとり強く強くと生きぬいてきた、生母の娘への初めての詫びのことばでした。

でもと思います。どこかに心のきょりがあるのを。共に過ごした三年間が長かったのか短かったのか分かりません。

その三年の月日のなかに何か大切な忘れものをしてきたような思いがして、いま探し続けています。

絆として

胎児であった
わたしを
あなたの目は見ておられた
わたしの日々はあなたの書にすべて
記されている
まだその一日も造られないうちから

—詩編　一三九・一六

かみさまは　まだだれも（生母ですら）その存在に気づかないときから計画していたのです。この胎児をどこにおこうか、どこで育てようかと。私生児として生まれることも、ちゃんと知っていたのです。

小さな小さな苗木は、不安を抱え揺れていました。その苗木をかみさまは、とてもよいところにおいてくれました。父がクリスチャンである家庭に。決して幸福に満ちた家庭ではなく、数多くの悲しいできごと、死と向き合ってきた家庭であること、父と母との間に心のすきまがあることもすべて承知の上で。

そうです。この小さくいと弱い者に新しい父と母の心の絆としての使命を与え、かみさまは、この世に送りだしたのです。

「さあ　行っておいで」と。

数えきれない出会いが待っていました。

出会いは、生母とひとりの男性との出会いに始まり新しい父母との出会い、よき師、よき友との出会いへと次々と大きな広がりを見せてくれました。

出会いを通して、そのおかれた場所で、なんと多くの人々に愛され育まれてきたことでしょう。おとなたちの優しいまなざしが、いくつも幼子の上に注がれていました。

そのまなざしに見守られ、励まされ、生かされてきました。

愛されることから、愛することの大切さも学びました。

幼子のように、まっすぐにその大きな瞳で周囲の人々の心を見つめ、心の声に耳を澄まし聴く者として、今日まで歩み続けてきました。

望まれない誕生だったかもしれません。でも、かみさまが選んでくれました。望んでくれました。だれに望まれなくても。

与えられた使命を果たし、いつの日か天に戻ろう。天なる父のもとへ。「ただいま」と。

別れ

あやちゃん　おしっこは
「あっち」
階段のしたの　げたばこのなか
あやちゃんの　ぱんつは
おとうさんの　くつといっしょに
ほっこりと　ならべてありました

乳飲み子を抱え、仕事に向かう生母の姿を見兼ねたのでしょう。同じアパートに住む、ひと組みの夫婦が昼間だけ見てくれることになりました。

相次いで男の子ばかりを亡くした夫婦は、女の子ならば育てられるのではと、自分たちの子どもにと願うようになりました。

「どうしてもと言われたから」と生母。

夫婦のほうが経済的余裕のあること、若い生母の将来を見据えての説得に、娘をこの夫婦に託すことに。

こうして養子縁組が交わされたのです。三歳のときです。わずか三歳の幼子に大人同士の約束など分かるはずがありません。

その日の夕方もいつものように、生母が迎えに来てくれると待ち続けました。あたりが暗闇につつまれても生母は姿を見せません。

心細くなり大声で泣きました。アパート中響き渡るほど。娘の泣き声は、生母の耳にも届いていたと思います。生母も切ない思いをしていたのかもしれません。泣いても泣いても戻って来てはくれない。泣いてもどうにもならないことがあるのを幼い心で感じたのでしょう。

幼子は、その日を境にめったに泣かない子どもになりました。

新しい養父母は、幼子へつぎつぎと玩具を柳ごうりひとつぶんほども買い与えてくれました。幼子は決して、甘えたり、ねだったりしませんでした。甘えること、わがままを言うことの下手な子どもでした。甘えは許されないことを、幼子は、生母との別れのとき学んだのです。

けれど、ひとつだけ口ぐせになったことばがあります。

「どこへ行くの?」です。

父母であれだれであれ、人の動く気配を感じたときの問いかけのことばです。怖かったのです。また黙ってどこかに置いていかれるのではと。

小さな冒険

宙《そら》にむかって

秋桜
たおやかに
きよらかに
そまらずに

東京　麻布での新しい生活が始まりました。階下にはコスモスの花が咲き乱れていました。近くには各国の大使館もあり、外国人もたくさん住んでいました。みっちゃんは（みなにこう呼ばれていました）二階の窓から周囲の景色を眺めるのが好きな子どもでした。

幼年時代のみっちゃんは、髪の毛は金髪、くりくりとした丸い瞳でいつもなにかをじっと見つめていました。はにかみ屋さんで母の後ろに隠れるようにしていました。母のたもとをしっかりとつかんで。

みっちゃんは、相手が子どもであっても打ち解けるのに時間を要しました。そんな、みっちゃんを外へと連れ出してくれたのは、少し年上のYちゃんとK子ちゃんでした。ふたりは、お姉さん格となり、よく遊んでくれました。

あるとき、Yちゃんたちとぼうぼうと草が生い茂り有刺鉄線を張り巡らした大使館の重たい鉄の門の下をくぐり抜け、大使館の庭へと入り込みました。どこの国の大使館だったかは覚えていません。

こっそり忍び込んだ日本の子どもたちに気づいたのでしょう。大使館の夫人だったか、メイドさんだったかは定かではありませんが、女の人でした。

こちらへおいでというように遠くから手招きをしています。子どもたちは、恐る恐る招かれるほうへと。

すると、どうでしょう。この突然の小さな訪問者たちを部屋へと案内してくれたのです。

靴を履いたまま部屋に入ることも初めての体験でした。通された部屋のなんと明るいこと。ピカピカ光る床や窓。窓辺を飾るかわいらしいカーテン。目に入るものみなめずらしく、子どもたちの瞳は輝いて。キッチンからクッキーを焼く甘い香りがしてきます。戦後の日本にはないものがたくさんありました。

大使館の人の温かいまなざしと共に、幼い日の小さな冒険として心に残っています。

遊び場は通信社

おいしいよ
少女の手に
降りつもったばかりの
ゆきがのっている

幼い日の遊び場は父の職場。通信社でした。大きくて広い遊び場でした。

定刻になると記者たちは一斉に取材へと飛び出していきます。ざわめいていた社内の空気が一変します。ほとんど人気のなくなった社内は、しんと静まり、原稿を書くペンの音と電話のベルが時折、聞こえるだけです。

大きなデスクがたくさん並んでいます。主のいないデスクをつぎつぎと回っては何かないかのぞきます。だれも座っていない回転いすに、よいしょとよじ登り座り心地を確かめます。

居場所が決まると、やおらお絵描き用にともらったザラ紙の原稿用紙を広げます。デスクに身を乗り出すようにして、マス目を埋めていきます。

校正記者の父を真似て。文字はまだ書けません。マス目に順序よく並んでいるのは、丸・ばつ・三角。はたから見ればなんということのないただの記号です。

でも本人にとっては意味のある大切な言葉でした。のびのびと自由に空想をふくらませて。書くこと、想像する楽しさを知ったのは、ここでの記者ごっこ、原稿遊びからでした。どんな玩具よりもおもしろくて。

書くことにあきると印刷室に向かいます。輪転機がくるくると回って、印刷された用紙が舞い飛ぶように出てくるのが不思議で、じっと座り込んで見ていたものです。

印刷されたゲラ刷りを、少年が（たぶん見習いの）各デスクの上に配っていきます。印刷したてのあの独特のインクのにおいも好きでした。

数えきれないほどある活字を組む作業にも興味を持ちました。組み合わされた活字からどんな言葉が生まれてくるのか考えるのも楽しみのひとつでした。

小さな女の子が社内の端から端まで走り回り、佇みながめていても、大人たちはみな優しく見守ってくれました。黙って・・・・・。

いちねんせい

教科書を読む　子どもたちの
元気な声が教室から聞こえてくる
声は　澄んだ冬の空に
まっすぐに　まっすぐに　のぼって

大きな　まあるいくもになる
子どもたちのゆめをつないで
わたしのゆめをつないで

春が近づいてきました。家の前の引き込み線の向こう側の野原には鮮やかな黄色の菜の花が咲いていました。子どもの背丈ほどにも伸びて。

四月、いよいよ一年生です。入学式に向かう前、母の手作りの紺のセーラー服に身をつつみ、ランドセルを背負い、庭に立ち写真を撮りました。

胸には、まだ墨のにおいのする、折りたたんだ真っ白なハンカチの名札をつけて、いざ登校です。

みっちゃんは一年四組です。担任はももこ先生です。ももこ先生を真ん中に、木造校舎を背に記念撮影です。物のない時代でした。けれど、みな親たちが精いっぱい整えてくれた、よそいきを着て。あどけなさのなかにも一年生になったとの小さな誇りも、ちょっぴりのぞかせて映っています。

幼稚園はいやと行かなかったみっちゃん。初めての集団生活です。ひとりっこでのんびり、ゆっくりと育てられました。少しばかり神経質な子どもでもありました。これがももこ先生を困らせることになりました。

授業が始まりました。緊張するとなぜかおしっこが近くなる、みっちゃんでした。授業中、なんども「先生！」と、トイレタイムを求めます。それを待っていたかのように、ぼくもわたしもと廊下にトイレへの長い行列ができました。

そのたびに授業が中断して、ももこ先生は困っていました。

もうひとつあります。給食です。時間内に食べることができませんでした。みっちゃん以外はお帰りの用意ができています。みっちゃんだけです。べそをかいてコッペパンとにらめっこしているのは。そんなみっちゃんを、じっと教壇の前に立ち、ももこ先生は待ってくれました。

植木屋さん

小さなつぼみを
ふくらませ
ミモザ
ゆれている
早春の風をうけ

毎年、春と秋に小さな庭の剪定を植木屋さんに頼んでいました。

お茶を運ぶ役は、みっちゃんと決まっていました。

「お茶が入りました」と、植木屋さんに声をかけます。植木屋さんは首に巻いたてぬぐいを外すと、仕事着のほこりをポンと払い縁側に座ります。

剪定具合を見ながら、おいしそうに一口、お茶を飲み、傍らに黙って座っているみっちゃんに話しかけます。

「おじょうちゃんは、わしら職人にも変わらないんですね」と。

みっちゃんは思いました。いつものようにお茶を出しているだけなのに、どうして。

やがて、植木屋さんの言葉は、身分の差のことをさしているのだと分かりました。

確かに父母や植木屋さんの年代では、身分の差が大きくものを言ったことでしょう。いわれのない差別をうけたこともあったでしょう。

みっちゃんも父の姉、静江伯母にしばしば言われたものです。

「あなたは武士の家の子だから、それらしくなさいね」と。

そのとき、みっちゃんの心に芽生え始めていたのは人はみな同じであること、身分の差ではないということです。

周囲の大人たちの優しさ、愛に育まれ芽生えた思い。植木屋さんは、こう思っていたのでしょう。一介の職人である自分と武士の出であるこの家とは身分が違うと。それなのに、この娘（こ）はなんのこだわりもなく接してくれると。植木屋さんがこの娘に分け隔てのないものを感じたとしたら、みっちゃんの心に芽生えている思いが届いたのでしょう。

植木屋さんは、ひといきにお茶を飲み干すと、仕事に戻りました。

ちょきちょきと剪定ばさみの音を軽やかに響かせて。

少女からのおくりもの

　ほら　あれ　あれを見て！
しゃがみこんで　少女が指さす先に
水すましが　すいすいと　およいでいました

水すましと　いっしょに　泳ぎたい

少女のまっすぐな気持ちが　小さな影になって
池に映っています

校庭のまわりはもう秋の風が吹いています

夏の終わりに一本の電話が入りました。二学期から小学校で、ひとりの少女をみてほしいと。

始業式の朝、初めて少女と会いました。

少女は、恥ずかしそうにお母さんの後ろにかくれていました。

でも、聞いていました。お母さんから。

「おしゃべりが大好きなんです」と。

お母さんの言うとおりでした。少女は登校するやいなや、どんと椅子にすわると話しはじめます。

「あのね」と。

明るい笑い声と共に、お話はとどまることなく続きます。

どこかでストップをかけなければとまらないほど。

ある日、そんな少女から誘いがありました。

「大好きなところがあるの。連れていってあげる」と、手を引っ張るように案内してくれたのは、校庭の片隅にある小さな池でした。

「ここ、大好きなの」

しゃがみこんで池に泳ぐ水すましをじっと見つめています。大好きなおしゃべりもとまって。

「水すましになりたいな。わたし、こんなだから、みんなにおせわかけて」と。

ちょっぴりおませな口調で話す少女。

少女は少し、早く生まれてきたために体に不自由さを持っています。でも、心は実にのびのびと自由で元気いっぱい。少女の口から出ることばのひとつひとつにきらりと光るものがありました。輝きに満ちあふれていました。

それは、心の自由さからくるものなのでしょう。

宝もののことばを書きとめておかなかったことを残念に思います。わずか七か月の短い、少女との交流のなかで、心の自由さを持つことの大切さを、少女から教えてもらいました。ありがとう。大らかな心から生まれる光ることばを、また聞きたいと思っています。

声を和して

詩編と賛歌と霊的な歌によって語り合い、
主に向かって心からほめ歌いなさい。

―エフェソの信徒への手紙　五・一九

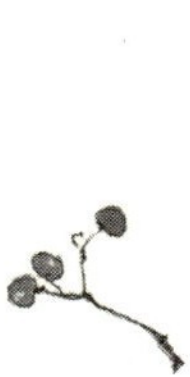

明治四十一年十月、旧津軽藩の家に待望の長男として誕生しました。四人きょうだいの唯一の男の子。大江と名づけられ、両親の寵愛を一身に受けて成長します。腕白このうえない少年時代をおくったようです。

その腕白ぶりは相当なもので随分と母親を困らせたと後年、自らの少年時代を振り返り、遥か遠くにいる母を慈しむように、母を想う賛美歌を歌っていました。

仲のよいきょうだいでした。知的欲求も高く当時としてはめずらしくそろって高等教育を受けて。

長女の玉江は音楽に。次女の静江は薬剤師となり、末っ子の寿江は語学を得意としていました。

父も北海道大学を目ざしましたが、希望かなわず師範学校へと。同期生が北大に進み、社会的な地位を得ていく姿をみるにつけ悔しさをかみしめていました。その父は、青年時代に内村鑑三のキリスト教の教えに触れ、クリスチャンとなります。無教会派の鑑三と同様、教会へ行くことはなかったようですけれど、賛美歌はよく歌っていました。

キリスト教への憧憬を、ほかのきょうだいたちも持っていたことは、きょうだい集まれば歌となる、その歌のなかに必ず賛美歌があったこと。また結婚生活の破綻から自死した、玉江伯母の告別式がキリスト教式で執り行われていたことからも、うかがい知ることができます。

集まれば語り合うきょうだいでした。語りだすと、尽きることを知らず深夜にまでおよびました。熱を帯びると、語り合いは討論となります。その語るところは、政治・文化・経済へと発展していきます。

互いに子ども時代に返ったように「ちゃん」づけで名前を呼び合い、語り合う姿をそばで聞いていました。討論が果てるころ歌になります。声を和して。

みな天にかえりました。天上でにぎやかに語り合い声和しているのが聞こえてきます。

諍いの果てに

いま
チャイムを　ならしたのは
だれ?
くろあげはが　いっぴき
ばらのまわりに

突然のことでした。いつものように養祖母は孫の圭君といっしょに散歩へと。が、その日なにを思ったのか札幌市内の警察署の前まで来たときです。「用事があるから」と、幼い圭君をひとり家に帰します。そして、そのまま家に戻ってはきませんでした。翌日、銭函海岸の浜辺に打ち上げられていました。変わり果てた姿で。たもとに小石が入っていたことから自殺と断定されました。

父は母親の死に先立つ、昭和二年、春。師範学校を修了し、教職につきます。

任地校は留萌尋常小学校。下宿先を学校近くの旅館に決めて。下宿先に聡明で美しい娘がいました。父は心ひかれ結婚を考えるようになりました。が、武士の家柄と旅館の娘とでは身分が異なると両親の猛反対を受けます。父は、ここで順番を間違えます。子どもを授かったのです。両親も止むを得ず結婚を許します。

けれど、幸福な結婚生活は長く続きませんでした。初産は死産。その後、念願の男の子に恵まれます。その喜びも束の間でした。昼寝をしている間にと所用に出たわずかな時間に悲劇は起こりました。愛児は寝返りを打ち、ストーブにぶつかりました。大火傷を負い幼い命を閉じました。

しばらくして、父と母は、ひとりの男の子を養子にします。ところがこの子も母が外出したあとを追って外へと……。探し当てたときは用水のなかでした。

相次ぐ愛児の死。母は子どもを育てられない嫁として、姑との間に軋みが生じ始めました。諍いも絶えなかったようです。それは父の思いもよらない最愛の母親が自ら死を選ぶという結果となりました。

父はいたたまれずに教職を辞し、ひとり上京します。後を追うように母も上京します。

後日、父は述懐します。帰せば、母親と同様、死を選ぶ、帰せなかったと。東京でのふたりの生活が始まります。昭和十九年のことです。

父母のはざまで

ひとつ　また　ひとつ
両手に抱えきれない
愛する者たちへの重みを
川面へ投下する子　川面は優しい
澄んだ笑い声をたて　傍らのすすきは
もう　すっかり心地よげに　寝入っている
つい　いましがたまで
夕日と無邪気に戯れていたのに

「タクシーを呼んで。戸田橋へ行きたいの」また始まったとみっちゃんは思いました。戸田橋とは荒川のことです。そこで死にたいというのです。

母は、五臓六腑すべてに病を持っていると知人に言われるほど、多くの病を抱えていました。我が子の死も含め、いくつもの死を見つめてきた母でした。常に死と向き合っていました。

母は腎臓の摘出手術を受けていました。余命を告げられて、刻々とそのときが近づいてくるのを体で感じとっていた母です。

ぴりぴりと神経をとがらせ、死を想い父の帰宅を待ちわびる母がいました。その母と対峙することに耐えられなかった父でした。病状の進行と合わせるように父の帰宅も遅くなりました。

明け方まで同僚と麻雀をして時を過ごしてくる日々が増えて。帰宅するときも、父の背後には必ず同僚の姿が二〜三人ありました。

朝がた、そっと庭先の雨戸を開ける音がします。待ちかねていた母は、その音にすっと台所に立ちます。父が姿を見せるのと同時に手にしている包丁を父に突きつけます。

「いっしょに死んで」と。

その気迫に連れ立ってきた同僚もひとりふたりと、その場を立ち去ります。ひとり残されて、どうしたらよいのか分かりません。ただ部屋の片隅で息をひそめ父母の成り行きを見守るほかありませんでした。

思春期にはいり、父母の間に計り知れない心の揺れがあること。心通い合うものが失われてきていることをぼんやりと感じ始めていました。その救いを求めるように父母はそれぞれ、みっちゃんを心の支えとしていました。思春期の少女には重い荷でした。いつも父母の心の安定剤でいることはできませんでした。

みっちゃん自身も在ることへの不安、居場所のなさに心が揺れていたのです。

ゆりかご

深い深い　藍《あい》の色
頭の上に　のってます
ふわり　ふんわり
のってます

居場所を探していました。心をほっと包み込んでくれる居場所を。

みっちゃんは見つけます。職員室です。

職員室でなにをするということもないのです。職員室の戸をあけたときの、ほんわりとした優しい空気が好きでした。ガリ版刷りや次の時間の用意をしたりと先生がたは、みな忙しそうに動いていました。

だれかなと目線だけはみっちゃんに向け……。

休み時間になると決まって職員室に姿をみせるみっちゃんを先生がたは黙って迎え入れてくれました。

図書室の先生ともなかよしになりました。

「好きなだけ読んでいいよ」と、研究室の大切な本を自由に読ませてくれたI先生。

読んだ本のなかからテストの問題をだしてくれたことも。

ゲーテの本をプレゼントしてくれたK先生。

家では病弱な母がみっちゃんの帰りを待っています。友だちのように寄り道したりはできませんでした。そのぶん、たっぷりと職員室で時を過ごしました。いつしか、担任外、学年外の先生がたもみっちゃんの名前を覚えてくれるようになりました。卒業後もなにかの折に学校を訪ねたりすると、先生のほうから声をかけてくれました。

職員室は、みっちゃんの心のふるさとです。

ゆりかごのうたを　かなりやがうたうよ

そう、みっちゃんにとって職員室はゆりかごでした。安心してゆったりと入っていられるゆりかご。幼い日の甘えたかった思いをとりもどすかのように。先生がたに甘えられる最高の場所でした。

いまも学校大好き、職員室大好きは変わりません。ときどき会いに行きます。学校に――。

母の死

食器棚のガラスに映る顔
まるみを帯びたやさしい顔
膝に重ねられた手に
北国の陽がこんもりとのせられて
わずかに微笑みをうかべ
少女のように　夢みがちに
はるか彼方を見つめている瞳に
わたしとわたしの子どもたちがいて
はやい春の風が揺れる

だんだんと悪化していく手術跡。膿のにおいも部屋に満ちるようになりました。苦しかったでしょう。痛みもあったでしょう。最後まで病院を嫌い、自ら手当てをしてきた母の病状が急変しました。

救急車で病院に運ばれました。意識も混濁。もう食べることも話すこともできません。

口が乾くであろうと吸い飲みで水分を含ませました。上手くいきません。父はみっちゃんから吸い飲みをもぎ取るようにし、武骨な手で母の口に水を含ませます。片時も離れずに。

母の呼吸が乱れ始めました。病院に運ばれて三日目の夜半のことです。ベッドが軋むほどの心臓マッサージがなされました。胸の骨が折れるのではと思われる蘇生の試みも、母をよみがえらせることはできませんでした。

日付が変わったばかりでした。昨日から今日へと。母は静かに旅立ちました。

臨終を告げられた父は「死んだか」と、ぽつりとつぶやき、空きベッドに座り込んでしまいました。母との間に心の溝がありました。どこか母から逃げていた父でした。その母がもういない。寂しげな父の姿がそこにありました。

母はこの時がくることを感じていたのでしょう。娘といる時を長く持つことを望みました。ただ共にいるだけ、それで心安らいでいたようです。

最後のことばは声にならない声「もっと」でした。母の胸に去来していた「もっと」はなんであったか知りたいと。

夜明け前、母は我が家に戻りました。ガラス戸を大きく開け放ちました。空を見上げると青く澄んだ秋の空が広がっていました。

通夜のことです。みっちゃんは養女であることを告げられました。すでに、みっちゃんは知っていました。ふと手にした戸籍謄本から。

あのとき

「この電車は当駅で二分停車します」
と　車内アナウンスがありました
みんないっせいに　腕時計をみます

まだ　二分
あと　二分

やがて　電車はゆっくりと
動きはじめました

ひとりひとりの　二分への
思いを乗せて・・・・・・

「あのとき、どうしたかと　ずっと気になっていて」と。生母と初めての旅路、安曇野でのことです。

「なにも」と、みっちゃんは短く答えました。

あのとき──それは、生母の存在を知り、会いたいと訪ねたときのことです。

高田馬場の商店街を通り抜けた奥、古い木造アパートに生母は住んでいました。

部屋の戸を軽くたたきました。

開いた戸の向こうに垣間見たものは──。みっちゃんに背を向け座っている、恰幅のよい浴衣姿の男性でした。来るところではなかったと、踵を返しいま上ってきたばかりの階段を駆けおり外へ飛び出しました。

死にたいと思いました。ふたりの母を同時になくして、帰路の車窓から見える夕景色がかすんで見えました。あふれでる涙で。思わず一駅手前で飛び降りました。飛び込みたいはずの電車をいくつも見送りました。ホームに入ってくる電車に飛び込むことはできませんでした。

ゆっくりと改札口へと向かいました。なにかに導かれるように。足は自然とある方向へと。

歩みの先にあるものは教会でした。子どものころ通ったことのある教会です。

ふうと深く息を吸い、そっと扉を押して中へ。

薄暗い会堂に整然と椅子が並んでいます。ほのかに木の香りを漂わせて。

最後列に静かに腰をおろしました。人の気配に人影がこちらに向かってきます。言葉をかけられました。けれどなにを尋ねられ、なんと答えたのかは覚えていません。

が、そこにあるなにかしら温かなものに触れ、心は落ち着きを取り戻しました。ゆっくりと立ち上がり思いました。

「帰ろう。父の待つ家に」と。

かあさん、これがほんとのあのときです。

み翼の陰に

つみのこの身は　いま死にて
きみのいさおに　よみがえり
かみのしもべの　かずにいる
きよきしるしの　バプテスマ

―賛美歌一九九

昭和四十三年四月二十八日、常盤台バプテスト教会で洗礼を受けました。賛美歌一九九番が途切れることなく続くなかで。

神さまの存在は、父の口ずさむ賛美歌や小学生時代通った教会学校を通して知っていました。けれど明確な信仰を持ってのバプテスマかと問われると疑問符のいっぱいつくものでした。

思春期から青年期への多感な時期に父母の揺れ動く心の添え木として、父と母を結ぶ絆の役割を担っていました。重たい重たい荷でした。みっちゃん自身も心もとなく揺れていました。

幼い日々、安心して寄りかかっていた父と神さまの愛をだぶらせていました。神さまの翼のもとに憩いたいと慕い続けていました。産まれたばかりのひな鳥が親鳥の翼のもとに温かく包まれているように。包まれたかったのです。御手のなかに。

みっちゃんの心のなかにある脆さ、危うさを牧師の松村秀一先生は見抜かれたのでしょう。その精いっぱいの思いを松村先生は受けとめてくださいました。大きな翼となって。

受洗後も、陰になり日向になり、この心もとない者をいつも覚え祈り支え続けてくださいました。

そして、四十数年経ちました。数年前、パーキンソン病と診断されました。静かに病を受けとめることができました。四十年もの長い間、妻として、母として嫁としてがんばってきたことへの神さまからのごほうびと思って。もうがんばらなくてもいいよと。

動けるうちにと英語の学びを中心に、いまこのときを大切にゆったりと過ごしています。神さまはそんなみっちゃんに、ひとつまたひとつ新しい扉を開いて見せてくれました。楽しく喜びにあふれた扉を―。

恵みを数えつつ、日々新たにｂｏｒｎ　ａｇａｉｎ、生まれ変わっています。

ひとつの家族として

ああベツレヘムよ　などかひとり
星のみ匂いて　ふかく眠る
知らずや今宵　くらき空に
とこよのひかり　照りわたるを

音楽は好き、でも、歌うのは苦手と思っていました。みっちゃんが音楽の楽しさ、歌う喜びを味わったのは常盤台バプテスト教会でした。むずかしい音符は読めません。ただ賛美歌が好きというだけで聖歌隊のひとりとして加えてもらいました。

聖歌隊は音楽で福音を伝えるという使命を帯びていました。礼拝では、メッセージを語られる松村先生と同じ講壇に立ち賛美しました。みどりいろのガウンを着て。みな聖歌隊員であることに誇りを持っていました。

隊員のなかには音楽学校出身の人もいます。そのなかで発声練習のとき、ピアノと同じキーを出して注意をうけるほど、音楽に関しては初歩の初歩でした。

常盤台バプテスト教会の聖歌隊は、毎週、木曜日の夜に当時、音楽主事であった真島健次先生の指導のもと練習を重ねていました。

歌のハーモニーを大切にするように、真島先生は隊員たちの和を大事になさいました。ときおり、自宅に隊員たちを招いてくださいました。先生の家で隊員たちはみな和やかな時を過ごしました。

共に歌い、話しそれはひとつの家族のようでした。聖歌隊員はそのよき兄弟姉妹でした。ほっと心和む空間がそこにありました。

みっちゃんが詩を書いていることを知った真島先生

は、クリスマス礼拝で朗読する機会を与えてくださいました。よい思い出となっています。

いま、みっちゃんは音楽に夢中です。ピアノも始めました。もちろんリハビリを兼ねて。

あのころ歌った賛美歌、聖歌を思い出しては、楽譜に階名を書いては、弾いています。賛美歌一一五と共に。

賛美をしていると心が励まされます。聖書よりも、かみさまのことばを賛美歌、聖歌から覚えました。

聖歌、賛美歌のことばは、みっちゃんの人生によってたつところです。

祈り

赤　青　むらさき
あさがおの花
小さなじょろに
いれました

かやつりぐさで
まぜました
夕日の色になりました

《聖歌隊席に顔が見えないので心配しています。元気にしていますか》

松村先生からの手紙です。教会にも聖歌隊にも慣れたころ、主人と知り合いました。日曜日はふたりで、小さな旅へと。礼拝は休みがちになりました。

そんなみっちゃんを心配する手紙でした。

二枚目には、松村先生ご自身の祈りの依頼が書いてありました。

上下関係のない教会でした。みんな平等に愛し合い、祈り合う教会でした。そこにいるだけで安心できるところでした。

優しく温かな先生のまなざしと共に。

教会の働きと教会員ひとりひとりへの細やかな心配りに……。さぞ疲れておられたのでしょう。《自分の重荷はイエスさまの十字架ほどではないけれど、弱い私のために祈ってほしい。祈りしか私を支えるものはない》という内容でした。

ひとりの若者に祈りを求めるほど、先生は疲れていたのです。そのことに気づきませんでした。幼いころから敏感に人の心を感じ取ってきました。感じ取ることができると思っていました。

でも、心に想う人がいる、それだけで心がいっぱいになり、周囲が見えなくなっていました。若さゆえに。

あのとき先生の年齢に近づいた現在なら、先生の気持ちが痛いほど伝わってきます。

大切にしている先生からの手紙を繰り返し読みながら想っています。

行間に込められた先生の想いに心が痛みます。祈り支えてさしあげることができなかったことを。

先生も同じパーキンソン病で亡くなりました。


いま、天を仰いで祈っています。

「先生。重荷はもうおろされましたか。天の御国でイエスさまと共に安らいでいらっしゃいますか」と。

高田敏子先生

いち　にい　さん　し　と
かぞえているあいだに
みんな　みんな
いってしまいました
すずかけの木を　とおりぬける
風のように
みんな
あの　空の高みに

それは一冊のノートから始まりました。

長い闘病生活を続けていた母の死から間もないことでした。

心のすきまを埋めるようにノートにあふれでることばを綴っていました。

そのノートを敏子先生に送りました。まだ詩の形にもなっていないことばを綴ったノートに目を通してくださいました。

そこに書いてある事柄を通して、みっちゃんの心の奥に潜んでいる不安感や、ちょっと触れただけで消えてしまいそうに、はかなげに揺れ動いているものに目をとめてくださったのです。

一冊のノートは詩集としてまとめられることになりました。当時、敏子先生が主宰していた詩誌『野火』の叢書として。まだ会員になる前のことでした。敏子先生は、跋文に「詩は、いっそう通子さんにとって大切な存在になり、長い人生の支えになることでしょう」と、書いてくださいました。

そのとおりになりました。詩を書くことによって生かされ、生きることの前提として詩がありました。詩があるから、前に前にと歩むことができました。

詩との出合いがなかったら、いまここに存在していなかったかもしれません。

旧姓が先生と同じであったことから、野火の例会などで「娘さん？」と、しばしば問われました。

そうです。みっちゃんにとり、先生はよき師であると共に三人目のお母さん的存在でもありました。

母のように慕い続けた敏子先生も亡くなり、みっちゃんも病を得て、詩誌も退会しました。でも書くことは好き。

詩の子どもたちが心のなかで遊びはじめます。それらを拾い集めてはノートに。

ことばにいかされ、きょうも生きています。遊んでくれることばたちがいる限り。

詩は友だち

黄色い雪野原
そのなかを
くるり　くるり

両手を広げ
少女は跳ねています
夕日に赤く染まって

大勢のなかのひとりでした。妙高高原にある敏子先生の山荘でした。

山荘のガラス窓に一羽の鳥が激突したのです。羽を傷つけたのでしょう。飛び立てない鳥をみっちゃんは胸に抱いていました。助かれと祈りつつ。

その姿をどこで伊藤桂一先生は見ていたのでしょう。

そんなことがあったことも忘れかけていたころ、一冊の本が届きました。『おもかげ』という名の短編小説集です。頁を繰り、はっとしました。そこに描かれていたのは山荘でのあの場面だったのです。

どこか幼さのある少女として小説のモデルになった

ことの面映ゆさがあって、ずっと詩誌の仲間には黙っていました。

伊藤先生は、野火の主宰者である敏子先生とともに作品を見てくださいました。先生は決して書いたものを批評したりはしません。よいところを見つけようと行間をよく読んでくださいました。

生活を中心とした詩は書けませんでした。みなとひとり異なる詩を書いていました。

どこかに子どもの目線のある詩を書きたいといつも思っていました。

先生は、そこに目をとめてくださいました。

合評会での「いいね」の優しい一言がうれしくて。

みっちゃんの心のなかにいる無邪気な子どもたちが詩を書かせてくれます。目に飛び込んでくる男の子や女の子、木々や花たちが呼びかけてくるのです。書いて、書いてと。

散歩しながら、台所に立ちながら、ふと最初の一行が浮かんできます。詩のこどもです。それをじっくりと時間をかけてひとつの詩に。

詩と友だち。それは終生変わらないでしょう。先生の「いいね」の一言とともに。書くことの喜びを幼子のように持って。

想像の余地

えだのうえで　じめんのうえで
それから　ちゅうがえりしながら
にぎやかな　はっぱたちの
おしゃべりがきこえていました

いまはもうすっかり
はだかんぼうになって　えだをつんと
ふゆのそらにのばして
すまして　たっています
おしゃべりしてたのは
だあれ?.というかおをして

「どこかアン（赤毛のアン）に似ているのよね」と四十年来の友にいわれます。

まんまるな大きな目をしてなにかをじっと見つめ、なにを考えているのかと思っていると、突然、人の心をくすりとさせる言葉を発したり、詩にしてみたりと……。

そうかなと思います。じっと人やものを見つめるのは目が弱いため、他意はないのです。もっとも見つめられるほうは、どきりとするかもしれませんが。

アンほどおしゃべりではないし、利発でも活動的でもありません。子ども時代からおっとりと目立たない存在でした。

でも、心はいつも遠くゆめのなか。想像の世界にいることは確かです。一歩、想像の世界に踏み込んだらアン同様、その世界に浸ります。

想像の世界に入りこみすぎて、数々の失敗を重ねるアン。マリラに叱られてもアンはきっぱりと言います。同じ失敗は二度としていないと。失敗もまた楽しんでいるアンです。そしてまた戻っていくのです。

scope for imagination、想像の余地の世界へ。水を得た魚のように。想像の世界に遊びながら前へと歩むアン。想像することの喜びはその世界に入った者にしか分からないでしょう。

アンの心がのびやかで自由であったように。みっちゃんの心もまた自由です。ことに病を得てからはもっと自由になりました。

考えてみて。ここは広い広い宇宙です。仕切られた部屋ではありません。置いてあるものすべて魔法をかけたように生き生きと動きだすのです。

アンは新しい朝を喜びを持って迎えます。なぜなら新しい想像の世界が待っているから。

アンのように喜びを持って新しい朝を迎えたいと。想像の世界にたっぷりと入り込める新しい朝を。大きく両手を広げて。

ありがとうが言いたくて

あいたくて
とうさんに　あいたくて
まっすぐに　とうさんのうちまで
飛んでいきます

とうさんのリキが吠えます

むすこのハッピーも吠えます

どっちが強くても弱くても
あいたくて　あいたくて
金木犀の香る
とうさんのうちへ

ずっと気になっていました。横浜の伯母にありがとうの気持ちを伝えていないことを。

伯母の記憶が遠くなり、施設に入所していると伝え聞きました。会いたいと思いました。

秋の日の午後、思い切って施設へと。伯母は健康上の理由で退所したあとでした。どうしても今日でなければの思いが募って。

足は若い日、しばらくの間、その生活を共にした綱島へと向かっていました。綱島の駅から歩いて十五分ほどだったと。かすかな記憶をたよりに伯母の家を探しました。同行してくれた夫のもう暮れるから帰ろうとの声に耳もかさずに。

やっと探し当てたのは日暮れ近くでした。急な訪問でした。が、伯母の一人息子進ちゃんのお嫁さんの登久子さんが快く迎えてくれました。

数十年ぶりの訪問で進ちゃんが亡くなったことを初めて知りました。進ちゃんは兄のようにみっちゃんの心に寄り添ってくれました。登久子さんと共に。

伯母は子宮がんで入院中であるとのこと。夕方の忙しい時間帯でしたが登久子さんは、車を出してくれました。

病院の廊下に車いすに乗り姿を見せた伯母は、びっくりしたようです。遠い記憶のなかの訪問者に。大きな瞳をさらに大きくして。

父の名を告げ、その娘であることを伝えると、手を頭の上にかざし、あの小さな子がこんなに大きくなってというような仕草をしました。

ほんの一瞬でも思い出してくれたこと、うれしくて。ことばに出しては言えなかったけれど、みっちゃんのありがとうの気持は伝わったと信じています。

数か月後、伯母は亡くなりました。献体を決めて。最後まで背すじをぴんとのばし凛とした伯母の姿が目に浮かんできます。そのくぐもった声といっしょに。

また会いに行きますね。ありがとうを伝えに。

力強い杖として

海を見たいと思いました
氷の海を見たいと思いました
凍てつく風に肩寄せ合って
わたしたちは岬に立ちました
納沙布岬に流氷がひとつ　またひとつ漂っていました

それは　まだ　ほんの小さな流氷のこどもでした

あれから　わたしたち十年経ちました
おとなになったかどうか・・・・・
もう一度あの岬に立って
あの時の流氷に聞いてみないとわかりません

「自分じゃだめか。杖になる」と、夫の力強いことばに涙をぬぐいました。

進行性の病であると告げられ、心静かに受けとめていました。動けるうちにと興味、関心のあることに精いっぱい取り組んでいました。前向きに歩んでいこうと。その矢先でした。耳を疑うような病に対する偏見のことばを投げかけられました。

一番、理解してほしい人から。みっちゃんは思わず泣いてしまいました。その姿を見た夫からの支えになるというエールでした。うれしかった。

夫とは職場の英会話サークルで知り合いました。時を同じくして母親を亡くしたばかりでした。ふたりは心の寂しさを分かち合い、休日になると旅に出かけました。花の好きな彼と。花のある場所に。

ふたりとも、ふうわりと夢みがち。花畑では、ちょうちょになり、時にはかわいらしい妖精となって花のなかに遊びました。

プロポーズらしいことばはありませんでした。彼なりの意思表示。

「アパートを借りようか」

それがプロポーズのことばと受けとめています。

お金もなく、住む家もなく彼の父の下宿先に居候。結婚式もごく親しい友人だけを招いて。ウェディングケーキも式後、ふたりで買いに走るという、おままごとのような結婚式でした。

三人の息子たちにも恵まれ、この小さな家庭、家族を大切に守ってきました。息子たちも思いやりのある優しいおとなへと成長してくれました。

その家庭のすべてをみっちゃんに任せ、自由にのびのびと羽を広げ、野外活動に熱中していた夫。そんな彼を優しく見守り続けたのは九十三歳で逝ったた彼の父親でした。その父親を最期まで看取ったみっちゃんの姿を見ていたのでしょう。今度は自分の番だと。いま素直に甘えています。力強い杖を得て。

光の中へ

「ほら　見て　とかげ」

長い冬のねむりから
目をさましたばかりの　とかげは
少年の　手のひらの上で
気持ちよさそうに
春の日をあびています
黒い背をきらきらと輝かせて

木の芽、草の芽が大きくふくらんでいます。春の訪れを喜んでいるかのように。自然のいのちの芽生えを見て思わず口ずさみます。

あかりをつけましょ　ぼんぼりに

はるか昔、母が飾ってくれたひな人形の前で友と楽しく遊んだ日が昨日のようです。歌いながら両の手をひらひらとさせます。幼子に戻って。

みっちゃんの心は弾んでいます。わくわくどきどきしてます。春が近いからでしょうか。
春はまぶしすぎて嫌いでした。

空も若葉をつけた木々も小さな動物たちもすべて光り輝いている、そのどこに身を置けばよいのか分かりませんでした。光より影にいるほうが心静かに過ごせました。

だから、きっぱりとした冬が好きでした。

いま、みっちゃんは春を楽しんでいます。日々のなかで嫌なこと、悲しいことがあっても、大丈夫。心静かです。以前は、不安でいっぱいでした。

その誕生は決して望まれたものではありませんでした。

でも、でもです。みっちゃんには「お前はわたしの子」と呼びかけてくれる神さまがいます。神さまから「我が子」と呼ばれることのなんと心地よいことでしょう。

　光のなかへ、光のなかへと共に歩いてくれるから、光り輝く春も怖くなくなりました。

　春に向かって歌い、舞っています。

　こころに歌がよみがえりました。愛されている喜びのなかで。

　生かされてあるいま、天にかえった人々に、いまなお、支え続けてくれているすべての人たちに伝えたいと。大きな声で。「みんなみんな　ありがとう」

あとがき

小さな歩み、エピソードの詩文集です。

鈴の音のように人の心に響くでしょうか。

「あなたの稀有な歩みをほんわりと書いてね」の友の言葉に二年の歳月をかけて書きました。それから数年あたためていました。いま、心の不安な時代に希望と共感を与えるもの、淡々とした文の中にそれを見つけてくれる編集者を探してと。

紡いだエピソードに見つけたもの。それはあふれる愛と恵み。そして、地には小さな家庭を天には永遠のふるさとのふたつのホームが与えられた喜びー。

親愛なる友よ、最後まで伴走ありがとう。いま言葉たちは飛び立ちました。たくさんのありがとうを届けに。おわりに、言葉たちに光をあててくださった銀の鈴社の柴崎俊子さま。かわいい絵をそえてくださいました、阿見みどりさま。また、本のかたちにと関わってくださったおひとりおひとりにありがとうございます。心からお礼申し上げます。

わたしは主によって喜び楽しみ
わたしの魂はわたしの神にあって喜び躍る。
主は救いの衣をわたしに着せ
恵みの晴れ着をまとわせてくださる。
—イザヤ書六一・一〇

すべての出会いに感謝をこめて。

むらかみ　みちこ（村上通子）
詩集
勇気がないから／雨あがりの朝
詩誌「野火」「野ばら」を経て
日本児童文芸家協会会員
埼玉県在住

名刺がわりの掌の本

Coming Home

NDC911・914　112頁 105㎜×74㎜

2013年2月22日　初版発行　1000円＋税

著者　むらかみ みちこ ©　装画　阿見みどり ©

発行者　柴崎聡・西野真由美

発行　銀の鈴社　〒248-0005 神奈川県鎌倉市雪ノ下3-8-33

TEL0467-61-1930　FAX0467-61-1931

http://www.ginsuzu.com

印刷／電算印刷　製本／博勝堂

Printed in Japan ISBN974-4-87786-420-0 C0095